KB235095

플랜 B

시인의일요일시집 **035**

플랜B

초판 1쇄 펴냄 2025년 6월 17일

지 은 이 오유균
펴 낸 이 김경희
펴 낸 곳 시인의일요일

표지·본문디자인 이율디자인
경영지원 양정열

출판등록 제2021-000085호
주   소 경기도 용인시 기흥구 연원로42번길 2
전   화 031-890-2004
팩   스 031-890-2005
전자우편 sundaypoet@naver.com
블 로 그 https://blog.naver.com/sundaypoet

ISBN 979-11-92732-27-5(03810)

값 12,000원

플랜 B

오유균 시집

| 시인의 말 |

잠이 질었다.
꿈을 꿔야 하는 가끔들이 있었다.

차 례

1부

1부

종이 상자를 열다

1.

팔이 없어지고부터 무엇을 집어던지는 꿈을 자주 꾸었다
다리가 없어질 때도 그랬다 어딘가를 달리는 꿈이었다 요즘
은 쳐다보고 말하고 생각하는 꿈을 꾼다 목 위, 벌통만 한
곳에서 웅웅 소리가 나는, 그런 것을 달고 뛰고 또 뛴다 팔
을 휘젓고 있다 어딘지 모르면서

거기 누구요? 왼팔로 전봇대를 끌어안고 꽃대가리에 오줌
을 누는, 엉망으로 취한 당신은

2.

어딘가에 부딪혀 쓰러졌을 때, 그리하여 입에서 붉은 석
류 씨 같은 것이 쏟아져 나왔을 때, 뜨겁고 메스껍던 입속이
식어갈 때

눈이 내린다 얼굴 깊은 곳에

까닭도 없이, 그러나 꼭 한 번은 내려야 하고 그때가 지금

이라는 듯이 눈은 내리고

얼굴과
얼굴이 뒤섞인다

3.
그늘은 너무 춥고 햇볕 아래는 더 추운

낯선 계절이다, 담배 연기를 좀 더 먼 곳까지 밀어 보내는

심장에 가까운 손

부메랑이 날아간다 검은 개가 뛰어나간다 부메랑은 낮고
빠르다 개가 낮고 빠르다 부메랑이 돌아온다 개가 돌아온다
개에게 한 토막 육포가 던져진다 토막을 문 개는 꼬리를 흔
들며 납작 엎드린다

부메랑이 날아간다 불투명한 개가 뛰어나간다 부메랑은
낮고 빠르다 개가 낮고 빠르다 부메랑은 돌아온다 개가 돌
아온다 개에게 한 토막이 던져진다 토막을 삼키고 개는 손
을 올려다본다 부메랑이 날아간다

개가 뛰어나간다 부메랑은 지금쯤 낮고 빠르다 개가 지금
쯤 낮고 빠르다 지금쯤 부메랑이 큰 원을 그리며 솟구친다
개가 솟구친다 엎지른 물이 날아간다 엎질러질 물이 날아간
다 뛴다 산 것은 죽은 것처럼 헉헉 소리를 내지 않는다

뛴다, 빳빳한 꼬리가 수평이 되고, 혓바닥이 목구멍을 콱
틀어막는 순간이다

그곳에는

한 마리 개가 짖으면 다른
개들이 따라서 짖는 것처럼 우르르
갈퀴를 세운다고 했다, 사자도
뼈 힘으로 운다는데 그 방식으로
나무들이 운다고 했다

무얼 잃어버린 것 같은데
그게 뭔지 몰라 막막한 눈동자만 남을 때
백 년 전의 덩굴이 당신 등을 타고
오른다고 했다, 덩굴은 잎잎마다 뿌리가 깊어서
푸른 귀를 세우고
외부와 내부를 깁는다고 했다

돌덩이 같은 구름들이 몰려와
누가 보여?
아무 곳에나 탑을 쌓아도
어색하지 않은 공중에 수다 같은

눈발이 날리고, 눈들은

언덕을 뛰어 올라가는
흰 말[馬]들처럼 보인다고 했다
하얗게 덮은 언덕을 내려온 그 사람은
발자국도 남기지 않고 지나간다고 했다

눈은 눈인 줄도 모르고 밤을 다
덮는다고 했다

두고두고

두고두고 눈이 녹으면
언덕은
무너진 탑처럼 남는다고 했다
그 이후의 세계가 보인다고 했다
울음소리는 남고
세계는,

흔적도 없이 사라진다고 했다

아내

머리 잘린 물고기가
간도 쓸개도
다 들어낸 물고기가

튄다
도마 위에서

피 흘리는 물고기가 아직
살아 있다고

여기서는 이렇게가
사는 거라고

놀랄 것 없다는 듯이
공중에서
공중으로

바다를 처음 나올 때처럼

휘어지고 펴지고 휘어지는
물고기가

절반은 버리고
절반만 가지고

뛴다, 어디
마저 가져가 보라고

드라이플라워

일주일은 뚱뚱하다 밖은 베란다 창을 통해 잠깐씩 안을 들여다보고 간다 밖은 밖과 철저하게 한통속이다 그들은 그들만의 언어로 말한다

일주일의 큰 귀는 바닥에 있다 더듬이를 들어 공중을 더듬는다 오래된 일주일과 바닥이 섞여 귀부터 묽어진다 묽어진 것들이 오른눈에서 흘러나와 왼눈 속에 고인다 일주일은 번식력이 좋다 공중은 깊고 푸르다 전등을 켜면 환한 곳에서 어둠이 솟는다 벽이 불룩해진다 벽에 붙은 흰 염소들이 둥글게 모여 멀뚱멀뚱 서로를 바라본다

뒤뚱뒤뚱 일주일이 온다 차츰 많아진 일주일이 온다 무수히 많은 더듬이가 공중을 더듬는 동안에도 일주일이 온다 비의 일주일이 끝나면 눈의 일주일이 온다 먼 곳에서 방금 도착한 표정으로 일주일이 온다 몇 번을 세어도 하루가 남고 이틀이 남는 일주일이 온다 무표정하게, 늘 처음인 것처럼, 모르는 척, 끝끝내 아닌 척 일주일은 온다

모르는 일에 연루되다

1.

네가 있다 또 다른 네가 마주 보고 있다 너와 너 사이에 낯 말이 생기고 알 수 없는 문장이 생긴다 <바람이 불어> 모자를 쥘 때마다 <바람이> 이것이 누구 표정인지는 알 수 없다 앙상하게 마른 새가 움직이지 않는 한쪽 날개와 비대해진 한쪽 날개를 퍼덕이고 있다 머리는 있지만 이목구비가 없는,

2.

웅~웅~이거나 삐~삐~

일어서면서, 자꾸 넘어지면서 삐~삐~ 너는 중얼거린다

<눈이 내려>

바람을 따라 오르던 눈이 공중에서 질끈 눈을 감고 죽을 듯이

<다시 내려>

  몇 개의 세상이 붉은 모습으로, 그러다가 몇 개의 문장으
로 사라질 때

  느리게 흐르는 강을 보고 있었어 뜻 모를 문장을 지니고
먼 곳에서 와서 먼 곳으로 가는 뒤를 삐~삐~ 흔드는 손으로
죄다 지워보는 걸까 갈대들은

  천 번 또 천 번을 흔드는 강가

  눈으로 눈을 덮고 있는데, 살갗에
눈이 피는데

  등을 뚫은 강이 가슴에서 흘러

  3.
  문장과 문장 사이에 너와 내가 놓인다 문장이 우리 눈을

빤히 들여다보고 있다 <멈추지 않겠지> 우리는 문장 속에
손을 넣어 휘젓고 있다 문장이 손등을 지나 눈을 지나 귓속
깊은 곳에서 너도 모르고 나도 모르는 문장을 만들고 있다

　웅~웅~이거나 삐~삐~
　이명 같은

블랙홀

모든 것이 구멍 속으로 사라지는 순간
나와 나의 인사는 안녕,
가벼운 손인사면 충분하겠는데

개를 데리고 나간 아내가 들어오고
늘 안녕이라서
오늘은 다른 안녕을 생각하는데

몇 번이고 되풀이되는 것 같아서
여전히 할 말이 없는,
같은 질문 앞에 있는 사람

제 그림자에 걸려 넘어진 것처럼
머쓱하게 뒤통수를 긁고
개가 흔드는 꼬리를 바라보는 사람

아무 일도 일어나지 않는 아침
움푹하고 고요한 이것이 제 입구인지 모르는

신발 속을 들여다보는 현관에서

질문인지 대답인지에 막혀
입을 달싹거리는 사람

신발을 신으려고 허리를 숙이면
지금도 어디로 떠나는 것 같은데
이미, 도착한 것인지
이물질 같은 머리가 아래에 머무는 사람

질문 너머의 질문을
대답 너머의 대답을 지났나 싶어
현관문 손잡이를 쥐고 돌아보는 사람

잘 가라는 것인지
잘 왔다는 것인지 흔드는
개의 꼬리가 궁금한 사람

다원의 식탁

의자는 최선을 다하고 있다 건너편 의자와 마주 앉아 언제까지 침묵하고, 언제쯤 어깨를 뒤틀고, 어떻게 다리를 꼬아야 할지 고민이 깊은 얼굴이다 무표정한 식탁의 속내는 알 수 없지만 둥글넓적한 식판에 약봉지와 물컵과 반찬 그릇들이 고정되어 있다

텔레비전 리모컨을 쥔다

한여름의 저녁 식사는 느리다 햇빛에 따라 식탁은 적당히 웃는 표정과 적당히 어두운 표정을 번갈아 한다 찌개에 숟가락을 담그고, 입에 넣고, 다시 찌개에서 입으로 숟가락질을 한다 어쩌다가 숟가락을 입에 물고 멈추거나 찌개에 숟가락을 담근 채 의자처럼 있을 때

텔레비전 속, 숲에서 강물 소리가 난다 제가 퍼질러 놓은 똥에서 뒹굴며 노는 아프리카의 어린 짐승들이 보인다 두툼해진 강물 소리가 식탁 가장자리를 타고 흐른다 모서리가 커진다 소리가 두 팔로 모서리를 움켜쥐고 매달린다 아슬아

슬하다

조금만
조금만 더 견디기를, 기다려 보기로 한다

아이스링크

넘어지지 않으려고 넘어지는 연습을 했어 자꾸 넘어지면
서, 웃었어 한 사람이 한 사람에게 내미는 손을 상상했어

웃는 것을 멈추면 안 될 것 같아서
넘어지면 안 되는 일이니까

웃음 근처에서 생각나는 단어들은
세상에 없을 거라는 거, 진짜 그럴까 봐 움직이지 않았어

한 쌍의 눈꺼풀을 한 쌍의 더듬이처럼 오래 벌리고 오래
닫으면 가벼운 눈송이들이 보여 우르르 갔다가 멈추기까지
한 가지 표정뿐이야

넘어진 이대로 가만히 있으면 될까 누가 내게 웃음과 꼭
닮은 입체적인 입을 붙이면 좋겠는데

입술에 귀를 나뭇잎처럼 다닥다닥 붙이는 일이겠지 웃는
귀와 웃는 입술이 한 쌍이라는 듯이

어떤 순간은 몸속에서 눈송이처럼 떠다닐 텐데, 이런 날씨에는 죽은 사람이 산 사람을 걱정하는 표정이 그려져 처음의 가까이에 가면 너는 거기서 나는 여기서 제 얼굴을 내려다보고 있겠지 루틴처럼 손도 내밀고, 웃기도 하면서 너도 나처럼 무얼 쓰게 될지도 몰라 넓은 백지에 조그맣고 까맣게

뽀송뽀송한 털장갑 속을 들여다보는 일과 젖은 엉덩이를 툭툭 터는 일이 한 쌍 같아서 넘어지지 않으려고

넘어지는 연습을 했어

우로보로스

쫄쫄 굶어 눈이 뒤집힌 코브라가
저보다 큰 코브라를 한입에 넣고 있을 때
꾸역꾸역 넣어도
더 넣을 것이 남을 때 그러다가
넣지도 뱉지도 못할 때
제 살을 깨물고 죽을 수조차 없을 때
입부터 가슴까지
뼈와 생살이 찢어지고 있을 때

단단한 한여름의 태양, 직각 건물들

두 눈이 번갈아 일그러져 가는 아이 손을 놓고
응급실 복도 끝에서
저보다 큰 복도를 입에 물고
울다 쓰러진

쓰러져 이제는 울지조차 않는
한 마리

너는

개 같은, 혁명

1.
반려견 앞에서

생각조차 못 한 꿈을
10년 넘게 산 개의
나이가 되어서야 반려견을 꿈꾼다

먹고 자고 산책하는 일

두 발로 걷는 곡예를 하고부터
모로 누우면 사람처럼 잔다고 웃고
코를 골면 사람처럼 곤다고 웃는,

밥그릇을 물어다 놓고
두 귀를 누이고 눈을 맞추고
빠져라, 꼬리야
흔드는 일

오늘은 얼마만큼 입양되었습니까

반려견이 되는
꿈속에, 두툼한 손이 잠시 머리에 얹혔다가
양식을 주르륵 부어주는

컹, 컹, 푸른 플라스틱 그릇에 머리를 박고
괜찮다
괜찮다 하면 이것도 어쩌면
무한히 감사한……

2.
간식을 기다리는 옅은 잠 속의, 너는
가랑이 사이에서 꺼낸 꼬리를 깃발처럼 흔드는

개였니?

목줄이 콱 당겨지기 전까지

갔던 길을 또 가는 무한
반복의, 일

몸피에 더덕더덕 붙은
측은한 눈빛

다리 넷의, 이 눈빛은 뉘신지?

넷을 바닥에 꽂고
게걸스럽게
좀 더 격렬하게
흡입하는 너는, 어쩌면

벌써?

2부

모르는 사람

그를, 택시 승강장
긴 줄 마지막에 세워놓고

떠났다 이제 더는

없는 사람이므로 나는

모른다, 모르는 사람들이
도서관에 마주 앉은 것처럼

마른세수를 버릇처럼 하면서
핸드폰을 뒤적거리면서
모르는 사람이 모르는 사람과 섞여 있다

뒤통수를 손바닥으로 시원하게 쳐주고
아, 정말 정말 죄송합니다라고 하면 그뿐인

모르는 사람

오후 늦게 나가 모르는 거리에서
모르는 이야기만 잔뜩 듣고 돌아와
현관 앞에 섰을 때

모르는 사람이

집 앞에서
호주머니를 뒤집어 털고 있다

모르는 사람 앞에 서서
모르는 속옷까지 다 벗어 놓고

다시는 입지 않겠다는 듯이
열 번이고 백 번이고 입어 주겠다는 듯이

난 괜찮은데,

1.

비는, 창문에 붙어 했던 말을 또 하고 또 했다 주어도 없고
서술어도 없어서 모두 그 말이 그 말 같았다 듣고 있었지만
몸살 기운에 잠이 들었다 잠깐 눈을 떴을 때는 유리창에 무
엇을 쓰고 지우고 있었다 잠에서 깨어났을 때 비는 떠나고
보이지 않았다 휘갈겨 쓴 글자가 남아 있었지만 못 본 척했
다

2.

속을 뒤집어 털었나 보다

3.

비가 걸었을 골목을 걸었다 네온 빛들이 젖은 바닥에서
반사되고 있었다 비가 지운 문장 같았다 다리는 자꾸 몸과
떨어져 걸었다 어떤 보도블록은 밟으면 울컥 빗물을 게웠다
　휘갈겨 쓴 글자가 있었지만 못 본 척했다 눈을 감아야 보
이는 사람처럼 한 이야기 끝에 붙었다가 홀연히 남았을 때

4.
어쩌면 가벼운 몸이 필요했을지 모른다
바짓단이 젖었다
비의 말은 생각하지 않았다

그렇게 생각했다

모퉁이를 돌면 어둠이 발등을 눌렀다 입속이 캄캄해졌다
건물 유리창마다 달빛이 흘렀다 했던 말을 또 하고 있었다

봄

젊은 여자가 투신을 했다
조경석에 머리를 부딪쳐 즉사했다
남편의 실직과 빚 때문이라고 했고
여자의 우울증 때문이라고 했고
손쓸 수조차 없는 어린아이의 병 때문이라는 소문이 돌았
다
경찰이 다녀가고 며칠 지나자 남자는 이사를 갔다
때가 되면 조경석 옆 동백 눈은 여전히 붉게 피었으나
누구도 여자의 핏자국에 대해 말하지는 않았다
새끼를 밴 고양이가 화단에 드나들고
경비는 조경석 주변을 손전등으로 휘휘 들춰보곤 했다

마지막이 뻔한 막장 드라마를 힐끗힐끗 보며 밥을 먹었다
드라마 속 여자는 어떤 증오기에 남편과 아이를
몇 년에 걸쳐 조금씩 독살해 갔을까
가끔 드라마 얘기를 했지만 식사가 끝나면 곧 잊었다

희디흰 벚꽃은 구석에서 구석으로 몰려다녔다

부산으로 갔다는데
청주로 갔다는데
노인들은 남자가 간 곳에 대해 말했지만
머리 위에 앉은 벚꽃에 대해서도
어린아이의 생사에 대해서도 말하지는 않았다

때가 되면 아내는 방충망을 살폈다
파리 뒤를 따라 격렬하게 휘젓는 아내의 손과
흥건히 뿌려대는 살충제에 대해서도 아무 말 하지 않았다
드라마는 악역이 감옥에 가는 것으로 여름이 오기 전에
막을 내렸다
그 여름 조경석에 무수히 꼬였던 파리는 보이지 않았다
가끔 멍하니 화단을 내려다보는 아내를
보며 조금씩 조금씩 늦봄이 마저 갔다

처음 보는 나인지 보고 또 봐도 모르는 나인지

있다. 발목에
다른 이의 다리가 붙어 있다
손목에 다른 이의 팔이 붙어 있다
길어질 대로 길어진
낯선 당신이 누워

있다. 멱을 꽉꽉 눌러 놓은 풍선처럼
터질 듯이
이미 터진 듯이

있다. 뒤집어도
헤집어도 모르는 당신이

이불을 턱 밑으로 당기다가 씨발 개새끼야
걷어차고 있다
욕의 멱살을 쥐고 흔드는 당신이

있다. 언제까지

자랄까, 손끝마다 붉은 이파리가
늑골마다 붉은 이파리가 네 것도
내 것이 아닌 이파리가 자라고

있다. 돌아누울 때마다
끌려 나오는 수백 수천의 무표정한 이파리가
펄럭인다

헐떡인다

아무것도 없는 여기, 아무것도 아닌 여기에
누가 누구 얼굴을 심고 있나

또렷해지다가 다시 흐릿해지는 당신과 내가
헛것처럼 붙어 서로 흔들고

있다.

감사하게도 쪽박을 주신 당신께

쾌청한 날 비에 젖어 걸으면, 천장에 뜬 달이 팅팅 불어 떨어지면, 달의 머리가 내 머리를 치면, 지면에 꺼내 놓은 목이

내 목이면
불그죽죽한 피고름을 덮어쓰고 악, 비명 지를
겨를도 없이

낙뢰에 맞을 확률 28만분의 1보다
30배나 많은, 로또 낙뢰가
한쪽 눈으로 들어와 한쪽 눈으로 나가면

*나는 아무도 아니야, 부랑자, 거지, 떠돌이일 뿐, 와인통,
네가 가까이 다가온다면 면도칼이 될 수도 있지**

살아나지 않는 인형 멱을
죽어라 제발 죽어라, 걸터앉아
누르고 있으면
꺼진 전등을 또 끌 것처럼 스위치에 손을 대고 있으면

무섭고, 지겹습니다
지겨워 참을 만합니다

낯선 영혼이 입속으로 돌아와 두리번거리는 지금
과거는 하나도 없는 몸으로, 그래서 늘
처음처럼 죽는 맛을 보는 여기서

어느 지옥을 목에 걸어볼까
오늘은

휘휘 저어 어떤
어떤 육수를 만들어 볼까, 한 점 한 점 어떤
불맛을 먹여줄까 입천장까지
꽉꽉

오늘은

* 찰스 맨슨(Charles Milles Manson): 미국의 범죄자이자, 맨슨 패밀리
의 수장. 1950년대~1960년대 히피 문화의 주요 인물.

이 문을 열면 2

― 마법사들이 세상을 지배하던 시절이 끝나자 마법사들은
마법사에 의해 죽어갔다

다리 넷 여자가
뒷다리를 끌며 장에 간다

살림난 남자 멱살을 움켜쥐고
새끼는 어쩌라고, 울부짖던 여자가

덥석, 그 여자 머리채를 휘잡아
흔들던 여자가

장에 간다, 남자 발길질에 늑골
부러지던 여자가

양손으로 제 앞섶을 쥐어뜯던 여자가
생살 떨어져 뼈대만 남은 이 여자

가슴에서 꾸역꾸역 자라난 손으로
제 똥을 주무르는 여자가

가랑이 사이 방바닥을 치며
내 새끼는 우짜꼬 울던 여자가

끊어진 기억끼리는 도무지 이빨이 맞지 않는지
히죽히죽 웃는 이 여자

풍병 맞은 여자가
앞다리로 뒷다리를 당기며 간다
꼭 죽여버릴 거야

불불, 얼굴을 떠는 이 여자
아버지 잡으러 장으로 간다

자투리 고기 전문점

철판 위에 놓인 김치와 마늘과 파와

당신의 어느 부위와 나의 어느 부위가
뜨거워질 때

보란 듯이

속살까지 다 내놓고
뜨거워질 때

사는 게 뭐 별거겠어
벌려봐
당신 입에 당신 입을 넣어줄게

제 살이라도 씹어야 살아지는 날도 있지

허파에 간 맛이 배고
간에 허파 맛이 배는 것처럼

운명運命이나 명운命運은
아무리 뒤집어도 그놈이
그놈 같은데

오그라든 것들이 제 몸을 펴는 동안
손바닥을 굽고
낯짝을 굽는 거지

이모~ 한 접시 추가요!

누구 건지도 모르면서

최고급 횟집

접시 위에 광어가 있다

바닷속에서 껌벅이던 입을
접시 위에서 껌벅이고 있다

얇게 썬 제 살 위에
얇게 썬 제 살이 덮여 있다

가장자리에 상추를 두르고
더 낮게 엎드릴 수 없을 만큼 엎드린 광어가

장에 찍지 말고 생살을 씹어 보라니까
이게 자연산이라니까 말하고 있다

한 점 한 점, 쇠젓가락이 살점을 떠내자
드디어, 너와 내가 천국 맛을 보는구나

심장이 잘려도 보란 듯이

숨 쉬는 광어가 있다

윗니와 아랫니 사이에서 진저리를 치는
광어가 있다

*모든 삶에는 죽음 냄새가 있어**

내 입을 올려다보는 광어가 있다

* 강재남의 시 「극장에서 만나자 했는데 공중화원에 가 있다는 연락을 받
았다」 일부

구멍

못이 빠졌다, 숨통이 트였다

물고 있던 입구가 찌그러져 있다

정년이 지났다

망치 잡을 이유가 없어졌다

물고 견뎌야 하는 질문이 없어졌다

질문이 없어지고부터 입을 잃었다

검고 깊은 이빨 자국에 대해

이제, 할 말도

못할 말도 없어졌다

허들링

산 사람처럼 생각하고

의자는 버려진 것처럼 있고
공원의 장의자는 오늘도 비어 있고

개는 자세를 낮추고
의자로 와서 사람 냄새를 맡고

이빨을 보이며 물러나라고 짖고
고개를 숙이면 덮칠 듯이 짖고

밥 한번 먹자
나는 여전히 산 사람처럼 생각하는 중이었는데

네 등 뒤

네가 끌고 온 골목의 커다란 입이 있고
나는 골목 구석구석을 뒤적이고 있었는데

옆구리든 어깨든 털고 일어섰는데

떠날 수도 없고
다시 앉을 수도 없고

꼬리를 세워 개는 짖고
누군지
나뭇가지 바람처럼 자꾸 짖고

양파

유리컵 속에 양파가 있다 싹이 올라와 있다 노파가 가까
이 가자 컵은 치아 빠진 노파의 흐린 웃음을 보여준다 가위
로 잘라낸 푸른 자리가 검게 짓물러 있다 컵라면 먹을래 노
파가 생각한다 한번 들어온 그림자는 잘 빠져나가지 않는다
고 생각한다 양파 냄새가 질어지고 있다 며칠이 갑자기 사
라진다 해도 불만 없는 며칠이 지나고 있다 번들거리는 검
고 저 늙은 개는 산책 때마다 반지하 창문에 오줌을 지리고
간다 제 영역이란 듯이 털썩, 사지를 무너뜨리고 배를 붙이
고 혀를 늘어뜨린다 개의 숨이 개의 얼굴에 붙었다가 증발
한다 노파가 컵에 물을 붓는다 뿌리는 길어지고 선명해진다
쭈글쭈글한 양파가 조금 내려앉는다 식탁 옆에 떨어진 것을
줍는 것처럼 노파가 허리를 구부린다 컵 속의 물이 노파 눈
속처럼 고요하다 양파, 움직이지 않는다 노파는 기울어진
그대로 익숙한 것처럼 있다 여름이 번들거린다 개가 헐떡인
다

두 시의 대기

손뼉을 치며 웃는다 액자는 떨어진다 해바라기가 가슴에
걸터앉아 핀다 살을 뚫고 해바라기 발톱이 올라온다

한밤의 태양은 정수리를 비추며 검어진다 당신은 옆 창문
으로 옮겨붙는다 다리가 많은 것들이 입속으로 들어와 검고
딱딱한 것을 물고 나간다

바싹 마른 빵처럼 어제 뜬 태양이 창에 있다 창에 붙은 골
목들은 다른 골목을 만나 길어진다 벽이 울퉁불퉁한 여기는
어제 지른 소리가 내일 밤에 도착한다 같은 전등이 켜지고
같은 목소리가 쌓인다

소리는 어긋나고 액자는 올라간다 손뼉은 웃는다 유리 조
각에서 쓴맛이 난다 *무거운 머리가 언젠가는 목을 꺾을 거
야* 액자 모서리가 뒤틀린다 골목이 골목을 끌고 간다 익명
의

당신이 다녀간다, 등 뒤를

두드리면 빈방이

노크를 받아준다, 텅텅

관찰

누가 내 머리를 방 a에 던져두었소 사지는 방 b에서 본 것
같소 <그리고>는 분명

*

있어야만 하는데, 없소 방문 손잡이도 없소 방에서 방으
로 전부를 밀고 갈 뿐이오 나는 달리 방법을 모르오 머리가
다리를 찾아갈 땐 한참을 가오 방향이 맞는지는 알 수 없소
어떤 벽을 지날 때면 노크 소리가 들리기도 하오 오래전 누
군가의 노크가 지금 막 도착한 것 같은

*

바다가 들어 있는 방도 있고, 산이 들어 있는 방도 있소 물
고기도 짐승도 없는, 가라앉지 않고 끊임없이 떠도는 검은
산이

*

방에 있소 절벽을 쥐어뜯으며 필사적으로 오르는 파도의
방에, 눈을 감고 침묵하는 산의 방에

*

짚으면 손목이 쑥쑥 빠지는 늘 푸른 언덕이 있소 빠진 손
을 뽑으면 양손이 뒤로 묶인 이가 따라 나오오 수십 구의 머
리가 풍선처럼 떠오르오 히죽히죽 웃는 내 얼굴을 달고

*

아내가 들여놓은 밥상에 안개가 자욱하오 죽은 산짐승을
대야에 이고 나보다 젊은 엄마는 마을로 갔소 오래전에 유
기한 어린 내가 따라갔소 밥상 위에 방은 쌓이다가 곧 수면
위로 떠오를 것이오 한여름에도 눈은 방을 덮을 것이고 밥
상은 질어질 것이오 이쪽 손으로 짚었다가 저쪽 손으로 짚
었다가 방에서 방으로

*

가고 있소 쿵, 쿵 어느 머리가 세차게 부딪친 것인지, 어느
문이 세차게 닫히는 것인지 알 수는 없소 눈을 감고 있으면
어느 것도 내 방이 아니란 생각이 드는 순간이 있소 그 순간

어느 방은

*

감고 있는 눈 속으로 들어와 입을 쩍 벌리고 있소 히죽히
죽 웃으면서, 퍽이나 즐거운 듯이

몸통도 없이, 있소

여전히 몰랐다

50초51초50초51초 얼마 전부터 초침이 위아래로 끄덕였다 그러다가 오전인지 오후인지 어느 날에 멈춰있었다

오늘, 막노동과 술집을 오가던 친구를 보내고 왔다 친구는 살고 싶다고 했다 쉬운 말이었다 사지 멀쩡하지 돌보는 가족도 없지 뭐가 힘들까 나는 생각했다

57번 고객님, 주문하신 육개장이 나왔습니다 숟가락이 복사뼈처럼 국물에 빠져 있었다 코를 박고 비린 냄새를 맡았다 구부정한 내 등이 싫어서 눕고 싶었다 검은 갯벌이 씹혔다 식탁 옆을 지나가는 사람들의 하반신만 보였다

뜻하지 않는 장소에서 뜻하지 않는 사람들 속에서 나는 움찔, 물 위에 얼굴만 내어놓고 있었다

52초, 딱 한 발 더 가서 초침이 멈춰있었다 명복은 빌지 않았다 오전인지 오후인지 여전히 몰랐다

절개지 앞이었다

3부

알 수 없는 내용물

앞에서 누가 급브레이크를 밟습니다 나는 온 힘을 다해
멈추려고 합니다 깔깔거릴 때의 표정, 그 표정 쪽으로 내용
물이 쏠립니다 장마는 끝나지가 않습니다

불룩한 도시의 숲은 고요합니다 반원은 땅 위에 있고 반
원은 땅속에 있는 거대한 무덤 같습니다 땅에서 하늘로 비
가 내립니다 고무줄처럼 여름이 늘어납니다

구덩이에 빠진 구름들이 허우적거리고 있습니다 썩어가
는 냄새를 풍깁니다 앞이 무거워집니다 가라앉습니다 가라
앉지 않으려고 누가 내 입술을 제 입술에 붙이고 휘파람을
붑니다

몇 개의 화면이 겹칩니다 나의 뜻과 상관없이 조금씩 앞
으로 밀려나는 중입니다 도무지 끝나지가 않습니다 나는 죽
을 듯이, 죽일 듯이 골목을 향해 짖습니다 컹컹, 텅 빈 골목
이 돌아옵니다

브레이크를 밟습니다 어떤 손이 내 등에 붙습니다 조금씩
밀립니다 늦었습니다 무엇이 나를 뚫었습니다 덜컹, 서랍이
열립니다

플랜B는 무슨

그가 흔들고 있었다 부딪치는 소리가 났다 플라스틱 제품
이었다

그가 저금통을 흔들고 있었다 동전 부딪치는 소리가 났다
배가 갈라진 돼지였다

그가 두 손으로 저금통을 흔들고 있었다 동전이 부딪쳤다
돼지가 웃었다

그가 머리통만 한 저금통을 머리통 위로 들고 흔들고 있
었다 동전이 떨어졌다 그가 웃었다

그가 두 손으로 머리통을 흔들고 있었다 격렬하게 동전
소리가 났다 그가 소리 내어 웃었다 *이봐 친구, 내 피는 화
공약품이라니까*

붉은색이었다 격렬하게 웃었다, 돼지가

안헤도니아*

보로**를 뒤집어쓰고 있음. 다음도 네이버도 설명하지 않는 것을 머리에 뒤집어쓰고 있음. 쇳가루와 먼지가 심하게 날릴 때는 이곳 사람들은 이런 모습으로 일함. 분홍색 비닐 앞치마를 두르고, 귀마개를 하고, 토시를 하고, 방진 마스크를 하고, 푹푹 찌는 여름에는 반은 죽음. 사람들은 자주 죽고 자주 살아남. 반이 죽었던 나도 살아있음. 일할 수 있는 것이 어디. 대한민국 만세. 대한민국 만만세. 나는 아반떼 있음. 24평 아파트 있음. 지병도 있음. 내게 여름이 몇 번 남았는지 궁금하지만 누구에게도 묻지 않음. 즐거운 6월, 여름 직전의 봄. 오늘은 빨간 날. 특근하는 빨간 날. 개똥밭만 지나면 천국일 거라고, 태양이 건물로 들어와 천장에 매달린 여기에는

* 안헤도니아(Anhedonia)는 심리학 및 정신건강 분야에서 기쁨이나 즐거움을 느끼지 못하는 상태, 쾌감 결여. 무쾌감증을 의미한다.

** 걸레의 일본말로, 작업 현장에서 기름때 등을 닦는 걸레를 가리킨다.

동백

그래, 어렵지 않아
일단 심호흡을 하고
천천히, 아무렇지 않게 천천히
탄창을 집어 봐 그걸
손잡이 밑 사각 구멍 속에 넣는 거야
잘했어
곧 세상에서 유명한 명사수가 될 거야
방아쇠 고리 속에 집게손가락을 넣고
다른 손은 손잡이를 쥔 손을 감싸 쥐는 거야
그래, 정말 잘했어
총구를 조금 들어, 심장 쪽으로
아니야 그곳은 복부야
조금만 더 들어 올려, 한쪽 눈만 뜨고
내 눈을 노려봐
내가 웃고 있잖아 이제
네가 웃을 차례야
주먹을 쥐듯 쥐는 거야
너도 모르고 나도 모르게

눈구멍에 짱돌이

나는 내가 손질한 찰흙. 커다란 쇠망치가 머리를 때려 납
작해진 구조물. 나 안의 나도, 나 밖의 나도 가짜. 가라앉지
않으려고 날갯짓하는 뜬구름. 화살로 날아다니는 나는, 내
묘에 올라가 풀을 뜯는 토끼. 화살 뒤를 끈으로 묶었더라면
나는 어느 벽에 산 채로 꾀어있을까. 발가락보다 많은 비늘
을 달고 기어다니는 나는, 칠 테면 치라고 머리통을 쳐드는
나는, 그 이유도 모르는 나는, 피 냄새를 쫓아다니는 날것.
지금은 어느 놈 목덜미에 길쭉한 빨대를 콱 박고 있는 걸까.
대가리가 모조리 씹히는 동안에도 하는 짓이 멈춰지지 않는
사마귀 나는 내가 기른 불편한 괴물. 불쾌한 괴물. 나를 나
로 대체할 말은 왜 없나. 날마다 증명하는 헛웃음. 멱 뚫는
소리. 멱에 뚫린 구멍이 검고

깊은 건너편 구멍을 보고 낄낄거리는 소리. 그러다 결국
배를 잡고 웃을 수밖에 없는
나는,

M307*

쇠망치가 쇠망치를 치는 것처럼 너는 차가운 목소리를 가졌다 쇠가 쇠를 깎는 것처럼 너는 쉰 목소리를 가졌다 어제는 이 말로, 오늘은 저 말로, 욕을 섞어가면서, 했던 말을 또 하고 또 하면서, 실실 웃어가면서

혼잣말을 한다, 너는 세상에 없는 표정으로 있다 얼굴에는 헤엄치는 물고기가 보인다 표정이 언제부터 검어졌는지 모른다 검어야 좋은 것에 대해 생각하다가 나는 잠이 들었다 눈을 뜨면 어디를 갔었는지 알 수 없지만 너는 늘 돌아오는 중이다

모르는 척

물고기는 돌아와 떠났던 길을 지우고 있다
여기가 어디야?
징글징글한 너와 나 사이를

물고기가 지나간다 뼈만 있는 물고기가, 표정 없는 물고

기가

삐걱삐걱

* 기계 번호

blue shadow

돌멩이를 쥐고 돌멩이를 그린다 돌멩이 돌멩이를 그리다 보면 돌멩이는 돌멩이도 모르는 구름을 그린다, 구름은 어릴 적

활활 불타는 산동네 판잣집을 그린다

얼마나 물고 흔들었는지 갈가리 찢어 놓은 물속 달을 그린다

제 꼬리를 물고 꾸역꾸역 삼키는 뱀을 그린다

돌멩이로 짓이기자 똬리를 풀고 날름거리는 혀가 있는 신발을 그린다

어딘지도 모르면서 걷는, 발등까지 눌러 쓴 모자를 그린다

텅 빈 거리에서 조금만 더 걸으면 밀림이 나오고, 밀림을 지나면 무수히 떠오르는 철제 의자들

머리 다음은 다리, 가슴은 생략된 채로 머리
머리 다음은 다리

다리 다음엔 끝날 것 같지 않은 길고 긴 전깃줄

몸통에 꽂아 놓은 팔이 저녁에는 다리가 되어 떠나는 눈
사람을 그린다

창문에 붙어 손톱으로 긁은 성에가 성에꽃으로 피는 겨울
의 흰 각질을 그린다

뒤틀면서 날아가는 돌멩이의 몸통을 그린다 던진 돌멩이
를 찾아 쥐고서 있는 아이의 뒷모습을 그린다

여기저기 떠오르는 말풍선을 그린다
아무 생각 없이

그린다, 아무 생각 없는 돌멩이를 바닥에 그린다

어떤 하울링

○ 간단한게임일뿐이야 목을가눌때까지만놀지 규칙도벌
칙도없이 심플하게

○ 영안실에서나와해부실에누웠을때교수와학생들이묵념
을하더군 놀라일어설뻔했어 그러더니날더러좋은곳으로가
래 나는또언제불쌍해졌을까 사지죄다붙이고밤마다올텐데
내얼굴을내가내려다보러올텐데

○ 혀를뒤집어털면벌레만남아 살이올라오동통한벌레 된
장풀고땡초넣고입을휘휘끓여봐 몇도쯤에서감칠맛이나는
지 알고도속이고모르고도속였어

○ 속이훤히보이는유리냄비와유리물고기* 그게삶일까 진
짜일까 진동하는비린내는어쩌려고

○ 여긴문화도시서울이고 삐까뻔쩍서울이고 기분좋게미
쳐버린사람은독방에서사는서울이고 서울에서도아이를낳
더라 이름불러주고쓰다듬어주고 아이들은의대진학을최고

로친데 조각조각도려서보고싶은게있나봐

　○ 스륵스륵한참을지나도스륵스륵 면전까지질질끌고오
는너는누구니 끌려온애는또뭐니

　○ 강강수월래강강수월래 벌레가시를한다 사랑이뭐길래
이게시이긴했나 술래가돈다술래가돈다

　○ 목을쳐주시오 깊은물속으로가겠소 내머리는내가들고
가겠소

　○ 개가오네 미친개가오네 미쳐지지않아서미친개가나를
먹으러오네 개를보고내가침을흘리네 앞발로콱눌러놓고뜯
고싶은개가있네 내가개를게걸스럽게먹는동안나를먹는개
가보고싶네 뼈를발라먹는개입에서웃는내가보고싶네

　○ 하느님도이겨먹고부처님도이겨먹는기도가있을까 있
겠지 있어야하겠지

ㅇ 코로나는또언제오시려나 합법적으로입을막는내임은

ㅇ 바퀴벌레와바퀴벌레는동명이인 징그럽게살아지는바
퀴벌레 개수구에서더듬이를세우고헤이굿모닝 변기에앉아
헤이굿모닝 밥숟가락을흔들며헤이굿모닝 굿모닝굿모닝

모질고질긴굿모닝

* 글라스캣피쉬

T를 기록하다

   종이를 접는다 선이 하나 생긴다 종이를 접는다 면이 하나 생긴다 기울기가 생긴다 아래에서 위가 하나 생긴다 아직 바닥은 넓다 그러므로 바닥은 안전하다 종이를 접는다 바닥이 바닥을 누르며 높이가 생긴다 높은 곳은 바람 때문에 흔들린다 모서리는 모르는 척 고개를 쳐드는 습성이 있다 모서리를 손톱 끝으로 꾹꾹 누른다 분명한 선이 하나 생긴다

   바닥은 뒤집어 주기 전에는 높이를 모른다 두께를 모른다 바닥은 춥고 배가 고프다 먹어야 사는 것들은 좌우 대칭이다 대칭으로 접는다 배를 붙이고 기어가는 것과 닮아간다 바닥은 바닥에 익숙하다 바닥은 접어지면서 좁아지고 두툼해진다

   바닥에서 벽이 생긴다 천장이 생긴다 대화할 방이 하나 생긴다 바닥에 햇살이 든다 바닥은 들어올리기 전에는 바닥을 모른다 그림자를 모른다 모서리 위에 모서리가 쌓인다 얼굴 앞에 얼굴이 있어도 놀라지 않는다 얼굴 앞에 발바닥이

있어도 피하지 않는다 바닥에 형체가 놓인다 깊은 곳을 밀
어도 넘어지지 않는 중심이 하나 생긴다

레버

변기는 주어
꽥꽥 토악질하는 주어
쾌속으로 내려가는 주어를 보고 싶은데
주어는 고체
얼지도 불붙지도 않는 무정물
극락인데, 지옥처럼 사는 주어
지옥인데, 더 지옥이 그리운 주어
뜨거운 핏물 속에서
느긋하게 양팔을 걸치고 누워
때도 불리고
피로도 푸는 주어
항문 훔치던 손으로 입술을 훔치면
피도 눈물도 없는 노래가
닦여 나오는 주어
손가락으로 제 눈을 파고 노는 주어
눈알을 들고
속에는 도대체 무엇이 들었나
돌려보는 주어

멱살 쥐듯 레버를 쥐고 누르면
오래된 토사물처럼 역류하는 주어
부글부글 끓기만 하는,

눈사람 11

겨울에서 겨울로 온 지 10년이 또 지난다

몸통에 둥근 것을 올려두고 이게 머리라 생각한 지 10년
이 또 지난다

멱살? 그런 걸 언제 잡아 봤더라

말[言]의 무늬와 입이 검어진 지 10년이 또 지난다

누가 누굴 죽이게 될까
그라인더 돌*로 쇠를 갈아댄 지 10년이 또 지난다

돌도 남고 쇠도 남은 지 10년이 또 지난다

사람도 아니었지** 그래, 사람 아니었지

얼굴에 구둣발이 올라온 지 10년이 또 지난다

찌그러진 입술로 바닥을 핥은 지 10년이 또 지난다

그래 얼마든지, 얼마든지 웃어 줄게

웃는 모습으로 10년이 또 지난다

* 작업 현장에서 사용하는 소모품
** 최금진의 시 「눈사람」 일부

level

땅에
못질하는 소나기

찢어진 꽃잎

지렁이, 못을 맞고
널브러진 결

흙이 패인 안쪽을 손가락으로
긁어내는 59

떠다니는 못대가리
고무신 6, 홀로

손바닥으로 흙을 모아
둑을 만들고

열었다

닫았다 하면서

맑은 별이 돋고

밤의 압력을 견디다가
견디다가

59, 땅에 박히다

4부

독립 극장

밤이 잔다 뜬눈으로 잔다 누구의 꿈속을 다녀왔는지 슬픈
표정으로 잔다 돌아누우면 어느새 얼굴 앞에 있는 밤, 등이
구부정한 밤에서 낯익은 바람 냄새가 난다 등 쪽으로 손을
내밀면 좁고 굽은 골목들이 닿는다 흐릿하게 말하고 흐릿하
게 대답하며

밤이 잔다 나는 알아들을 것만 같아 돌아눕는다, 천장 아
래

벽에서 나온 기차가 건너편 벽을 향해 간다 가늘고 긴 기
차의 전조등은 초식하는 짐승의 눈을 닮았다 밤이 깊은숨을
쉴 때마다 비칠대는 기차, 이미 다 안다는 듯이, 뿔 같은 연
기를 정수리에 세우고 벽에서 벽으로 기차가 간다

밤이 잔다

가슴 가까이 이불을 당기면 쿰쿰한 적막이 끌려온다
가랑이에 이불을 끼우고 밤이 자는 모습을 보고 있다

불을 켜 놓고, 아무 말 없이

밤이 잔다

럿치의 마을

꿈에서는 발목이 없어 가벼웠다
나는 나의 등을 처음 보았다
여전히 골목을 떠도는 네가 있었다
겨울에 보자, 다가선 내가 말하고 있었다
우리는 늘 같은 장소에서 같은 방법으로 헤어진다
그래 겨울에 보자 그가 대답했다

서로의 얼굴을 앞에 두고 한 가지 표정만 했다
쓸쓸한 기분은 쓸쓸한 기분과 잘 어울렸다
웃는 표정 곁에 웃는 표정이 어울릴 때와 비슷했다
떠 있는 구름의 이름을 묻는다면 너는
대답해 줄 것 같았지만 나는 묻지 않았다

얼굴을 문지르면 손바닥에 얼룩이 묻었다
너는 파래진 손바닥을 보며 언제쯤
웃어질까 생각하는 것 같았다

너는 너의 등을 보고 있었다

처음 보는 표정이 아니었다
골목마다 구름이 태어나고 있었다

겨울에 보자 그 말은 하지 않았다, 다음 뒤에
다음이 있을 거라는 헛된 다음에 대해
아무 말 하지 않았다

어쩌면

너는 방금 그림 밖으로 나갔다 오른손에 말고삐를 쥐고,
나는 방금 그림 속으로 들어왔다 너처럼 오른손에 말고삐를
쥐고

우리는 한 번도 그림 안에서 마주친 적이 없다 너는 나를
모르고, 내가 본 것이 너의 뒷모습이라 생각하지만 그것이
너인지는 확실하지 않다, 어쩌면

너도 나처럼 뒷모습만 보았는지 모른다

설원 속에 토담집 한 채가 있고 잣나무와 소나무가 있는*
여기로, 너도
　나처럼 들렀다면

나는 키가 크고 불안하게 뒤틀린 나무에 고삐를 묶어 놓
고 햇볕을 오래오래 쬐다 간다 바람도, 구름도, 새 한 마리
없는 겨울 밖으로

천 번 넘도록 들렀던 우리가 그림 밖에서
우연히 마주 서게 된다면
일단 눈부터 질끈 감고, 아니 어쩌면

눈을 크게 뜨고
닮은 얼굴에 놀라 붉어진 그대로 말을
더듬거릴지 모른다, 어쩌면
서로의 등에서
빈방을 오래 보게 될 것 같다

오른손에 말고삐를 쥐고

* 조선 후기 서화가 김정희가 제주도에 유배되었을 때 그린 <세한도>

비문증

사물이 흐려진다, 흐려질수록
먼 곳은

기묘하게 생기를 띤다

사물과 사물 사이 물방울이 떠있다

바람에 날리는 머리카락이
수초처럼 일렁이는 동안을 본다

눈을 깜빡일 때마다 물방울들은
지느러미를 달고 수초 속으로 사라진다

반의반이었던 물방울이 반이 되고
반이었던 물방울이 하나가 될 때

물방울은 사라졌던 물고기와 뒤섞이고
낯선 얼굴들이 되고

이쪽과 저쪽이 번갈아 떠오르고 가라앉는다

나는 잠시 눈을 감은 것 같다
물속은 둥글고 깊다

길에서 길을 놓치고 떠 있다
물방울이 퍼덕인다

제41일, 포즈

낯선 세상에서 돌아와 또 다른
세상의 방문을 열면 적막이 끌려 나온다
적막 일부를 밀쳤거나 넘어뜨렸다는 사실보다
공간 하나가 깨어졌을 때 그것이 얼핏
보여주는 놀란 표정을 너는 좋아한다
그럴 때마다 방문 손잡이를 잡고 안을 오래 들여다본다
대리석 위에 거울이 떨어졌을 때
수십 개의 조각으로 흩어져
돌아오지 않을 기억도 좋아한다
너 또한 놀라워하면서

천 번 모두 되돌아온 골목
깨진 조각의 그림자를 생각할 때처럼
잠깐의, 명랑은 좋아졌을까
벽에 기대앉은 무릎 높이에서 포말이 흩어지고
고요를 복사하려는 듯이 파도가 출렁인다

얼굴에 푸른 하늘이 떠 있고

무릎을 펼 때마다 초록 향이 난다
사람에게는 없는 색깔 같은 어쩌면
사람에게만 있는 냄새 같은

천 개의 조각이 일제히 뒤돌아본다
빛나는 순간이 지금이라는 듯이

거울 속 그림자를 들출 때마다
거울은 거울을
너는 또 너를 어떻게 마주할까

깨진 것을 손에 쥐고

전부를 벌린 멸치처럼

1.

음~발음하는 입과 아~발음하는 입, 어떤 발음을 하더라
도 목이 뽑히는 건 마찬가지 배가 갈라지는 건 마찬가지, 쓴
똥/내장만 빠진다면 씹기에는 충분한,

똥과 대가리, 휴지로 둘둘 말아 버려도 좋을
나를, 꼬리 뜯고 껍질까지 벗겨

음과 아
의 중간 입을 벌리고

벌건 살을 벌건 장에 찍어 들고
어디 물린 것처럼

2.

순살 혀가 들어 있는 대가리
이빨 사이가 답답한 대가리

음도 아니고 아도 아닌
어?쯤
에서
침이 묻은 송곳니를 드러내며

뱃가죽에 등가죽을 붙인 내가
어디 한번 물 것처럼

주머니에 양손이 들어있을 때

공 같은, 둥글고 속이 빈 이것은 어딘가 부딪히고 돌아와 발 앞에 있다 처음부터 제 자린 것처럼, 적당한 거리에서 언제든지 달아나겠다는 듯이

질문이 없는 것처럼 입을 닫고 있다 차는 줄 모르고 차게 되고 그래서인지 반복을 끝내지 않는 생각을 들추게 된다 여전히 탱탱하고 이곳과 저곳의 벽은 울린다

어떤 믿음이 있었을까 돌아오는 마음은, *공이면 되겠니?* 장난감을 가리키며 *이것도 할까*라고 물었지만 나는 공을 쥐었다. 그 후 아버지는 보이지 않았다. 그때도 둥글었을까 당신 배역은 벙어리였지

차이고 구르면서도 떨쳐지지 않는 습성을 생각한다 오래 걷지 않겠다는 다짐으로 시작하지만 둥글고 속이 빈 것은 맞닥뜨릴 침묵에는 관여하지 않겠다는 듯이 무표정하다

찌그러진 공간에서 나가서 찌그러진 공간으로 돌아온다

오래고 물컹한 것을 더듬다가 손을 거두고 어느 부위가

어느 부위를 찬다
바닥에 놓고
되돌아올 것을 뻔히 알면서,

벽이 울린다

여백의 여백

검은 금붕어 한 마리가 전속력으로 헤엄치고 있었다 그 뒤를 붉은 금붕어 떼가 쫓고 있었다

며칠이 지나고 뒤집어진 채 떠다니는 검은 금붕어는 어딘가를 응시하고 있었다 꼬리가 뜯겨나간 검은 금붕어를 물의 둥근 근육이 올라와 이리저리 밀고 다녔다

정류장에는 무표정한 사람들이 어깨를 절묘하게 피하며 걸었다 버스가 오고, 사람들이 뭉텅뭉텅 사라졌다 텅 빈 곳에서 어항의 입 냄새가 났다 돌아서면 내가 뱉은 입김이 내 얼굴에 달라붙었다

흐린 저녁이다 나는 나무젓가락으로 검은 금붕어를 들고 있다 비늘과 차고 투명한 길들이 바닥으로 떨어진다 겨울비가 유리창에 붙기 시작한다

검은 금붕어가 보는 곳을 같이 보고 있다, 밖이 어두워진다

비린 몸 냄새가 난다

목련 2

어제 꾸던 꿈을 이어서 꾸었다
여전히 당신 손은 뒤로 묶여 있었다
가지에 걸쳐놓은 줄에 당신
목이 묶여 있었다
죽고 또 죽었잖아, 당신은
그렇게 말하고 있었다
크기가 다른 신발을 쥐고 있었다
줄을 당기고 놓고를 반복하는 당신과
공중에서 버둥거리는 당신이 있었다, 당신이
당신을 뚫어지게 보고 있었다
목이 없는 당신이 뒤고 기고 있었다
잡히는 대로 던지고 있었다
짱돌이 공중에 멈춰있었다, 머리 터진
새가 공중에 멈춰있었다.
오늘도 당신은 잠든 곳이 아닌 곳에서
눈을 뜬다, 땀범벅이 된 얼굴로
꿈속에서 질렀던 비명을 꿈 밖으로
지르고 있다
이어 꾸는 꿈처럼

붉은 찔레, 그해

나는 미신을 믿지 않아
근데 몇 가지는 믿어, 가령
한밤에 눈을 뜨면
네 눈이 내 눈에 맞닿아 있을 때
붉은 자위만 있는 네가 흐리게 웃고 있을 때
죽어도, 죽여도 꿈이
되풀이될 때
네 꿈속에 사는 거니, 나는
불을 질렀지
불꽃이 얼마나 예쁘던지
네 목에 붉은 내 머리를 꽂고
잘 있니, 너는
이제 내가 웃어 줄게
너처럼 흐리게
몇 번을 다시 살더라도
필게, 달랑거리는 내 머리를
네 머리에 기대 놓고

천산天山

검독수리가 내리꽂히고
휘어진 발톱이
여우 목덜미를 쥐고 있다

숨이 끊어질 때까지 놓지 않는 근육과
식을 때까지 눈을 껌벅거리는
벌판에 눈이,

다시 내린다
노파가 휘어진 바늘로
여우 어깨와 목을 이어 붙인 모자를
머리 위에 얹어보고 있다

머리 위 흰 뼈가 노파
귓속에 쌓인다, 눈에 갇혀 굶주린 짐승들이
동굴 속에서
서로 물어뜯는 소리가 들린다

노파 머리로 배를 가득 채운 여우가
동쪽으로 고개를 돌린다

이빨이 몽땅 빠진 입으로
노파와 여우가
거울 속에서 웃고 있다

백야

악몽을 꾸면 발버둥쳐
깨어나려고

진짜가 아닌데 더
진짜 같아서

아는 것 같기도 하고 모르는 것
같기도 하고

기다린 것 같기도 하고 피한 것
같기도 하고

허물고
짓고 허무는 집들

당신도 악몽 중일까, 더 가짜 같은

허허벌판에 말뚝을 박으며 덧니를 드러내고

있겠지, 웃어보려고

꽁지 빠지게 도망가는 당신 뒤를
깨진 병목을 움켜쥐고 쫓는 당신이

꿈속에서
꿈꾸는 동안인데

절벽에는

필사의 힘으로
바위를 붙들고 나무가 산다

둥지에서 떨어진 어린 새의
어미가 산다

모르는 척, 백 번의 달이 뜨고

해가 뜨고

그것들을 지나가려고 바람이 산다

바람이 빈방에 와 있다

벽에 붙은 크고 작은 행성들이
빛나기 시작한다

결여를 응시하는 필사의 기록

이병국(시인·문학평론가)

결여를 응시하는 필사의 기록

불확실성 속의 플랜B

오유균 시인은 첫 시집 『리셋』(시인동네, 2018)에 실린 「러시안룰렛」에서 존재를 동전에 투사하며 "추락하고 있다"고 전한다. 전락의 공포로 "사지를 버둥거리며 동전은" 자신과 상대의 "패를 다 안다"고 믿지만, 그것은 "공중에서 몰두하고 있"는 자신을 향한 연민과 그로 인한 기만일 뿐이었다. "자전을 끝"낸다 해도 "사막"은 언제나 사막으로 남을 것이라는 인식의 층위에서 시인이 감각하는 삶의 양태는 존재가 지닌 결핍과 무의미를 돌파할 그 어떤 희망도 발견할 수 없는 정황에 놓여 있었다. 절망적 상황을 직시하고 그로부터 빠져나오기 힘든 현실을 적시하는 이러한 시인의 태도는 섣부른 화해를 시도하지 않음으로써 부조리한 세계 속 불안한 주체를 환기하며 '리셋'의 어려움을 가시화한다.

시인이 두 번째 시집 『플랜B』에서 재현하고 있는 주체의 양상 또한 그와 다르지 않다. 표제가 되는 「플랜B는 무슨」을 살펴보자. 시인은 "저금통을 흔들고 있"는 존재를 통해 결여의 양태를 보여주는 데 이는 "배가 갈라진 돼지"의 암담함으로 표상된다. "머리통만 한 저금통을 머리통 위로 들고 흔들"어 봐도 행위 주체가 얻을 수 있는 것은 "동전" 몇 개일 뿐이다. 그것은 「러시안룰렛」에서 형상화한 것처럼 사지를 버둥거리며 추락하는 것으로써 전락에의 공포를 상기시킬 따름이라 상황을 개선할 그 어떤 기대도 품게 하지 않는다. 그러므로 주체의 기대를 배반하는 "배가 갈라진 돼지"의 이미지는 자신의 욕망은 물론이거니와 세계의 요구로부터도 거부된, 다시 말해 소외된 주체의 절망을 상징하는 듯하다.

라캉에 따르면, 소외란 주체가 존재 결여를 겪으면서 어떤 분열 상황에 들어서게 되는 것을 의미한다. 이는 한 개인이 정상적인 주체로 존립하기 위해 언어적 질서, 이를테면 대타자의 욕망을 받아들여야 함을 가리킨다. 이러한 언어적 질서에 의존해야만 하는 주체는 사유와 존재의 분열, 분리를 경험하게 되며 결여를 내면화한 채 일시적이고 임시적 존재로 전락하게 된다. 그리하여 주체는 언제나 자신의 욕망을 타자의 욕망에 의탁해 사유함으로써 결여된 존재로 남게 되는 것이다. 「플랜B는 무슨」의 시적 주체는 이를 분명하게 의식하면서 자조하듯 "소리 내어 웃"어 보지만 그 웃음은 돼지의 웃음과 교차하면서 자신의 자리를 상실하고 만다. 그런 점에서 주체의 '플랜B'는 불확실성 속에서 갈피를 잃는다.

그렇다고 막막함에 머무를 수는 없는 노릇이다. "무얼 잃어버린 것 같은데/ 그게 뭔지 몰라 막막한 눈동자만 남"아 있다 하더라도 "푸른 귀를 세우고/ 외부와 내부를 깁는" 행위를 통해 균열을 봉합할 필요가 있다(「그곳에는」). "언덕을 뛰어 올라가는/ 흰 말[馬]들"로 언덕을 하얗게 채움으로써 "그 이후의 세계"(「그곳에는」)를 모색하고 그로부터 자신의 고유한 욕망과 향유를 되찾아 소외되지 않는 새로운 주체의 가능성을 살펴야 하는 것이 시인의 역할인지도 모른다. 절망과 좌절을 야기하는 세계의 부조리를 예민하게 감각하는 한편에서 소외된 존재를 주체의 자리로 옮기려는 시도야말로 시인이 수행해야 하는 실존적 기투가 아닐까. 오유균 시인의 『플랜B』는 그러한 기투의 흔적이자 고단한 시적 투쟁의 기록이라 할 수 있을 것이다.

무표정한 침묵의 악취

시인의 삶이란 마이너리티한 것인지도 모르겠다. 오유균 시인이 그려내듯 "그늘은 너무 춥고 햇볕 아래는 더 추운// 낯선 계절"에 속해 그 어디에서도 위안을 구할 수 없는 상황에서 팔과 다리의 부재를 감각하면서도 "무엇을 집어던지"거나 "어딘가를 달리는 꿈"을 꾸며 나아가야만 하는 존재처럼 말이다(「종이 상자를 열다」). 그 무엇도 들어 있지 않은 종이 상자를 열며 "죽어도, 죽여도 꿈이"(「붉은 찔레, 그해」) 반복되는 굴레를 어쩌지 못해 "세상에 없는 표정"(「M307」)을 지으며 상처투성이로 무화된 자신을 응시하는 일은 어쩌면 시인의 당위인지도 모를 일이다.

일주일은 뚱뚱하다 밖은 베란다 창을 통해 잠깐씩 안을 들여다보고 간다 밖은 밖과 철저하게 한통속이다 그들은 그들만의 언어로 말한다

일주일의 큰 귀는 바닥에 있다 더듬이를 들어 공중을 더듬는다 오래된 일주일과 바닥이 섞여 귀부터 묽어진다 묽어진 것들이 오른 눈에서 흘러나와 왼눈 속에 고인다 일주일은 번식력이 좋다 공중은 깊고 푸르다 전등을 켜면 환한 곳에서 어둠이 솟는다 벽이 불룩해진다 벽에 붙은 흰 염소들이 둥글게 모여 멀뚱멀뚱 서로를 바라본다

뒤뚱뒤뚱 일주일이 온다 차츰 많아진 일주일이 온다 무수히 많은 더듬이가 공중을 더듬는 동안에도 일주일이 온다 비의 일주일이 끝나면 눈의 일주일이 온다 먼 곳에서 방금 도착한 표정으로 일주일이 온다 몇 번을 세어도 하루가 남고 이틀이 남는 일주일이 온다 무표정하게, 늘 처음인 것처럼, 모르는 척, 끝끝내 아닌 척 일주일은 온다

— 「드라이플라워」 전문

“일주일은 뚱뚱하다”는 구절로 시작하는 이 시는 반복되는 일상으로부터 소외된 존재의 비애로 충만하다. ‘뚱뚱’할 정도로 꽉 찬 일주일이라는 시간은 누구에게나 동일하게 주어지는 것이지만 그 안에 깃든 무수한 욕망은 배타적 성격을 띤다. 그리하여 안과 밖으로 나뉜 장소에서 화자는 분리의 경험을 진술한다. 안을 포함하지 않는 “밖은 밖과 철저하게 한통속이”고 저 밖의 “그들은 그들만의 언어로 말”하며 이쪽을 배제한다. ‘그들’에게 속하지 못하는 화자는 시간의 “큰 귀”와 “더듬이”가 더듬는 바닥과 공중에서 비켜난 자리로 내몰린다. 시간은 번식력까지 좋아 그의 자리를 침범하며 결여의 어둠 속으로 화자를 침잠시킨다. “무수히 많은” 일주일의 반복은 일상의 항상성으로 작용하지만, 그것을 감당하는 몫을 화자의 일로 전가한다. 그러나 반복되고 불어나는 욕망을 충족시킬 수 없는 화자는 “하루가 남고 이틀이 남는”, 잉여이자 결여로 전락하고 ‘드라이플라워’처럼 메말라 버리는 것이다.

“무표정하게, 늘 처음인 것처럼, 모르는 척, 끝끝내 아닌 척” 반복되는 시간은 존재를 끊임없이 억압하고 타자화하며 주체의 자리를 박탈한다. 이에 굴하지 않기 위해서라도 주체는 밖으로 나가야 하지만, 그곳은 시간의 욕망을 자신의 욕망으로 간주하고 복무하는 이들의 공동체로 굳건한 세계라서 변화의 실마리를 마련하기가 쉽지 않다. 그럼에도 타자화된 주체는 자신의 실존에 응답하기 위해서라도 밖을 향할 수

밖에 없다. "바람도, 구름도, 새 한 마리 없는 겨울"(「어쩌면」)
일지언정 나아가야만 하는 것이다. 그리고 그곳에서 자신과
"닮은 얼굴에 놀라 붉어진 그대로 말을/ 더듬"거리더라도 "눈
을 크게 뜨고" 소외되고 배제된 이들을 찾아 "서로의 등"에
놓인 "빈방을 오래"(「어쩌면」) 지켜냄으로써 결여의 공동체
를 형성하여야 한다. 그럴 때 비로소 저 시간의 욕망이 강제
하는 타자의 자리에서 벗어나 다성적이고 윤리적인 주체로
의 도약이 가능하기 때문이다. 물론 이는 어려운 일이기에 오
유균 시인의 시적 수행이 이를 적극적으로 추구한다고 보기
어려운 점이 있는 것도 사실이다. 오히려 시인은 섣부른 화해
와 일시적 봉합을 추구하기보다 그것의 불가능성을 살펴 부
조리한 현실을 고발하는 데 시적 지향을 제시하고자 한다.

  검은 금붕어 한 마리가 전속력으로 헤엄치고 있었다 그 뒤를 붉
은 금붕어 떼가 쫓고 있었다

  며칠이 지나고 뒤집어진 채 떠다니는 검은 금붕어는 어딘가를
응시하고 있었다 꼬리가 뜯겨나간 검은 금붕어를 물의 둥근 근육
이 올라와 이리저리 밀고 다녔다

  정류장에는 무표정한 사람들이 어깨를 절묘하게 피하며 걸었
다 버스가 오고, 사람들이 뭉텅뭉텅 사라졌다 텅 빈 곳에서 어항
의 입 냄새가 났다 돌아서면 내가 뱉은 입김이 내 얼굴에 달라붙

었다

　흐린 저녁이다 나는 나무젓가락으로 검은 금붕어를 들고 있다
비늘과 차고 투명한 길들이 바닥으로 떨어진다 겨울비가 유리창
에 붙기 시작한다

　검은 금붕어가 보는 곳을 같이 보고 있다, 밖이 어두워진다

　비린 몸 냄새가 난다

—「여백의 여백」 전문

　화자는 "붉은 금붕어 떼"에 의해 죽음에 내몰린 "검은 금붕
어 한 마리"를 응시한다. 집단적 폭력에 의해 죽음을 맞이한
개체는 소외된 타자의 양태를 상징적으로 보여준다. 죽은 검
은 금붕어가 응시한 "어딘가"의 소실점에는 삶이 놓여 있을
것이다. 미처 취해보지 못한 검은 금붕어의 삶은 화자의 삶과
중첩되어 위태로운 침묵으로 "이리저리 밀"린 채 부유하고
있다. 저 훼손된 삶은 집단적 욕망에 기재되지 못한 잉여로
남아 고립된 존재가 감당해야 하는 고통을 표상한다. 이에 대
한 구원의 연대는 존재하지 않는다는 듯 화자가 응시하는 밖
의 "정류장에는 무표정한 사람들이" 서로의 존재를 부정하듯
"어깨를 절묘하게 피하며 걸"어갈 따름이다. 부딪히지 않는
이들이 만들어 내는 간격은 존재를 환대하지 않는 단절된 관

계를 상징한다. 그 균열의 지점에서 발생한 여백인 "텅 빈 곳"을 채우는 것은 폭력의 악취인 "어항의 입 냄새"뿐이다. 어쩌면 이 또한 "내가 뱉은 입김"인지도 모를 일이다. '나' 역시 "붉은 금붕어 떼"에 쫓긴 "검은 금붕어 한 마리"를 구원하지 않고 그저 바라만 보았기 때문이다. 연대를 거부하는 행위는 폭력적 상황에 노출된 타자의 삶을 방기하는 것이라서 폭력에 동참하는 것과 다를 바 없다. 그리고 이는 "내가 뱉은 입김이 내 얼굴에 달라붙"어 스스로를 파괴하는 데로 이어질 위험이 다분하다.

기실 부조리함에 그 어떤 질문도 하지 않음으로써 자신의 안위만을 생각하는 일은 역설적으로 존재를 고립시키고 세계가 자행하는 억압과 강제를 강화하는 일에 복무하는 것과 진배없다. 지그문트 바우만이 언급했듯 확실한 질문을 하지 않는 것은 공적 의제에 잘못된 대답을 하는 것보다 훨씬 더 많은 문제를 일으킨다. 침묵은 고통을 불러올 따름이다. "차고 투명한 길" 위에 놓인 삶의 부조리에 질문하지 않는 것은 무언가로 채워질 가능성으로 충만한 여백을 균열의 상태로 방치함으로써 결여로 전락케 하고 불가능성의 범주로 존재를 구속해 버린다. 그런 점에서 오유균 시인이 맡는 "비린 몸 냄새"는 타자화된 주체가 감당해야 하는 자기기만의 "악취"인지도 모르겠다.

조각의 결여로 예비하는 빛나는 순간

그렇다고 오유균 시인의 시적 화자가 침묵 속에 스스로를 방기하고만 있는 것은 아니다. 그는 그 무엇도 구할 수 없다 하더라도 과정 중에 속해 있거나 안에 머무르며 밖을 응시하는 존재로서 "질문 너머의 질문을/ 대답 너머의 대답"을 찾아 "현관문 손잡이를 쥐고 돌아보"(「블랙홀」)는 행위를 수행하기도 한다. 시인은 "거대한 무덤 같"은 "불룩한 도시의 숲"에서 "구덩이에 빠진 구름들이" 뱉어내는 "썩어가는 냄새" 앞에서 "밀려나"지 않기 위해 "죽을 듯이, 죽일 듯이 골목을 향해" 짖는 화자(「알 수 없는 내용물」)를 통해 그가 비록 결여만을 쥘 뿐이더라도 저항의 외침을 포기하지 않길 바란다. 미미할 지언정 "어디 한번 물 것처럼"(「전부를 벌린 멸치처럼」) 송곳니를 드러내는 멸치의 고투나 "살고 싶다"(「여전히 몰랐다」)고 한 친구의 죽음 앞에서 공감을 표하지 못한 자신을 부정하며 스스로를 절개지 앞에 내어놓는 화자의 간절처럼 말이다.

넘어지지 않으려고 넘어지는 연습을 했어 자꾸 넘어지면서, 웃었어 한 사람이 한 사람에게 내미는 손을 상상했어

(……)

넘어진 이대로 가만히 있으면 될까 누가 내게 웃음과 꼭 닮은
입체적인 입을 붙이면 좋겠는데

(……)

어떤 순간은 몸속에서 눈송이처럼 떠다닐 텐데, 이런 날씨에는
죽은 사람이 산 사람을 걱정하는 표정이 그려져 처음의 가까이에
가면 너는 거기서 나는 여기서 제 얼굴을 내려다보고 있겠지 루틴
처럼 손도 내밀고, 웃기도 하면서 너도 나처럼 무얼 쓰게 될지도
몰라 넓은 백지에 조그맣고 까맣게

뽀송뽀송한 털장갑 속을 들여다보는 일과 젖은 엉덩이를 툭툭
터는 일이 한 쌍 같아서 넘어지지 않으려고

넘어지는 연습을 했어

— 「아이스링크」 부분

텔레비전 속, 숲에서 강물 소리가 난다 제가 퍼질러 놓은 똥에
서 뒹굴며 노는 아프리카의 어린 짐승들이 보인다 두툼해진 강물
소리가 식탁 가장자리를 타고 흐른다 모서리가 커진다 소리가 두
팔로 모서리를 움켜쥐고 매달린다 아슬아슬하다

조금만

조금만 더 견디기를, 기다려 보기로 한다

— 「다윈의 식탁」 부분

화자가 "자꾸 넘어지면서"도 웃는 이유는 "넘어지지 않으려고 넘어지는 연습"을 하는 중이기 때문이다. 넘어진다는 것은 좌절과 절망의 다른 이름이겠으나 넘어지는 연습을 한다는 것은 좌절과 절망의 예비가 아니라 그러한 상황에 부닥쳤을 때 이를 극복하고 일어설 수 있는 용기와 결단을 예비하는 것이다. "넘어진 이대로 가만히 있으면 될까"라는 물음은 좌절을 내면화한 채 더는 그 무엇도 될 수 없는 스스로에 대한 기만일 따름임을 알기에 화자는 "내게 웃음과 꼭 닮은 입체적인 입을 붙이면 좋겠"다며 고립에 안주하고자 마음을 털어내고 "한 사람이 한 사람에게 내미는 손을 상상"하며 타자와의 관계를 소망한다. 이는 "너는 거기서 나는 여기서"와 같이 각자의 자리에서 존재의 결여를 응시하면서 "손도 내밀고, 웃기도 하"는 연대와 포용의 행위로 나아가 타자의 공동체를 구축하는 계기가 된다. 그곳에서 "무얼 쓰게 될지" 모르겠지만, "넓은 백지에 조그맣고 까맣게" 적히게 될 것은 소용없고 쓸데없는 그 무엇이 아니라 침묵을 깨고 개별적 존재의 결여를 삶의 궤적으로 삼아 앞으로 나아가고자 하는 이정표가 될 것임이 분명하다.

이와 같은 타자의 공동체는 가상공간으로서의 환영적 영상이 아니라 텔레비전 너머 "제가 퍼질러 놓은 동에서 뒹굴며 노는 아프리카의 어린 짐승들"이 살아 숨 쉬는 현실로 전이 되며 고립된 존재의 "식탁 가장자리"를 타고 넘쳐흐르는 "강물 소리"의 자극으로 이어진다. 이는 화자로 하여금 "두 팔로 모서리를 움켜쥐고 매달"리도록 함으로써 능동적 삶을 향한 의지로 전환케 하며 그 어떤 부정적 상황, 절망적 상황에 놓인다 해도 "조금만/ 조금만 더 견디기를" 바라는 간절함을 불러일으킨다. 이러한 견딤이 긍정의 미래를 불러올지, 부정의 현실을 지속할지 알 수는 없지만, 그럼에도 기다림을 수행함으로써 다른 삶을 모색할 수 있는 자기 갱신의 계기가 될 것임은 틀림없다. 오유균 시인이 "뽀송뽀송한 털장갑 속을 들여다보는 일과 젖은 엉덩이를 툭툭 터는 일"을 아무렇지 않게 해내며 넘어지는 연습을 지속하는 화자를 통해 그려내고자 한 것 역시 자기 갱신과 타자를 향한 손 내밂이 지닌 회복과 위안의 가능성 그리고 그로부터 비롯하는 연대에의 소망일 것이다.

　물론 여전히 "제 살이라도 씹어야 살아지는 날도 있"(「자투리 고기 전문점」)을 것이고 "나 안의 나도, 나 밖의 나도 가짜"라고 인식하며 "불편한 괴물. 불쾌한 괴물"(「눈구멍에 짱돌이」)이라는 부조리한 존재로 자신을 바라보는 일도 잦을 것이다. 그러나 끊임없이 자신을 바라보고 인식하려는 태도는 "깊은 곳을 밀어도 넘어지지 않는 중심"(「T를 기록하다」)을 만들기 위한 노력이자 주체로서의 자신을 놓지 않으려는, 포기하지 않으려는 적극적 위안을 수행하는 일이기도 하다.

필사의 힘으로
바위를 붙들고 나무가 산다

둥지에서 떨어진 어린 새의
어미가 산다

모르는 척, 백 번의 달이 뜨고

해가 뜨고

그것들을 지나가려고 바람이 산다

바람이 빈방에 와 있다

벽에 붙은 크고 작은 행성들이
빛나기 시작한다

— 「절벽에는」 전문

오유균 시인의 시적 행보를 자세히 알지는 못하지만, 시인
이 수행하는 시적 발화의 내부에는 삶의 진전 가능성을 타
진하려는 적극적 욕망이 깃들어 있다는 것을 알 수 있다. 인
용한 시에서처럼 삶에 자리한 '절벽'의 위태로움을 감각하면

서도 "필사의 힘으로/ 바위를 붙들고" 있는 나무를 상상하거나 "둥지에서 떨어진 어린 새의" 비극을 품은 채 살아가는 어미 새를 상상하는 일은 온전한 삶의 양태를 지니지 못한 소외된 주체의 절망을 현시하고자 함이 아니다. 오히려 그러한 비극적 상황에 공감하며 "모르는 척, 백 번의 달이 뜨고// 해가 뜨고// 그것들을 지나가"는 "바람"의 순리로 삼아 결여가 삶의 본질에 가깝다는 점을 드러내는 데 방점이 찍힌다. 해소할 길 없는 삶의 난제 앞에 우두망찰하기보다는 "필사의 힘" 혹은 간절한 바람으로 삶을 이어가고자 하는 의지에 주목하는 것이다. 비록 인위적일지라도 빈방을 밝혀 삶을 채워주는 저 "벽에 붙은 크고 작은 행성들"의 빛은 바위를 붙들고 살아가는 절벽의 나무와 같이 간절히 자신을 지켜 삶을 지속할 수 있도록 하는 데 커다란 힘이 되는 것이 사실이다.

　물론 이러한 인식이 "푸른 플라스틱 그릇에 머리를 박고/ 괜찮다/ 괜찮다 하면 이것도 어쩌면/ 무한히 감사한"(「개 같은, 혁명」) 일처럼 자포자기식 쉬운 화해라면 곤란할 것이다. 그러나 앞서 보았듯이 오유균 시인의 시적 화자들이 감각하고 있는 고통의 양상이 "아무것도 없는 여기, 아무것도 아닌 여기"의 황폐하고 절망적인 현실에 "헛것처럼 붙어"(「처음 보는 나인지 보고 또 봐도 모르는 나인지」) 삶을 영위하고 있다는 데에서 비롯하고 있음을 상기한다면 저 필사의 간절이 섣부른 봉합으로 느껴지지는 않는다. 그런 점에서 오유균 시인의 화자가 보여준 절망은 고통 속의 향유로써 그 끝에 놓인 죽음충동을 밀어 올려 죽음 너머 불가분의 잔여로서 새롭게 정립할 수 있는 삶의 다른 가능성을 예비하는 일이었는지도 모르겠다.

거대한 세계 앞에 결여된 상태로 소외된 주체는 자기규정을 어떻게 할 것이냐에 따라 삶의 의미를 달리하게 마련이다. 지시하는 대로 움직이고 그에 따른 보상("한 토막 육포", 「심장에 가까운 손」)만을 추구하는 일이나 "얇게 썬 제 살 위에/ 얇게 썬 제 살이 덮여 있"는 비참 속에서 *"모든 삶에는 죽음 냄새가 있어"*(「최고급 횟집」)라고 되뇌는 일은 허무주의적 인식일 뿐 삶을 위한 성찰이 될 수 없다. 우리의 삶이 '플랜A'의 방향성을 지닐 수 없더라도 '플랜B'의 가능성으로 "문장과 문장 사이에" 놓인 너와 내가 "너도 모르고 나도 모르는 문장을 만들"(「모르는 일에 연루되다」)어 나갈 수 있다는 것을 염두에 둘 필요가 있다. 오유균 시인은 "사람에게는 없는 색깔 같은 어쩌면/ 사람에게만 있는 냄새 같은// 천 개의 조각"으로 "빛나는 순간이 지금이라는 듯이"(「제41일, 포즈」) 조각의 결여를 빛나는 순간으로 전유하여 마주하도록 이끈다. 이처럼 오유균 시인의 시가 수행하는 실존적 기투는 "언덕을 뛰어 올라가는/ 흰 말[馬]들"로 시집 『플랜B』를 하얗게 채워 '플랜B'여도 괜찮을 삶의 양태와 "그 이후의 세계"(「그곳에는」)를 우리 앞에 펼쳐놓는다. '그곳'을 향한 삶의 또 다른 여정은 이제 우리의 몫이다.